Inspirierendes Kinderbuch

„Du bist wundervoll!“

W0362847

Süße Geschichten über Achtsamkeit für Kinder

(bunt illustriert, Geschenkbuch für Kinder)

Brigitte Bacher

Brigitte Bacher
© VIRTUOSO
https://virtuoso-verlag.de

VIRTUOSO
books and more

1. Auflage 2020

Brigitte Bacher

https://virtuoso-verlag.de

VIRTUOSO
books and more

1. Auflage 2020

ISBN: 978-3-96786-012-2

Inhalt

Dieses Buch gehört:

Vorwort

Hallo, liebes Kind, liebe Eltern,
bevor wir uns den spannenden Geschichten widmen, möchte ich mich kurz vorstellen:

Mein Name ist Brigitte Bacher und ich verfasse regelmäßig Ratgeber im Bereich „Familie & Kinder". Als ausgebildete Gesundheitstrainerin und Ernährungsberaterin ist es mein Wunsch, das Wohlbefinden meiner Leserinnen & Leser zu steigern.

Was hinter diesen Geschichten steckt

Mit diesem inspirierenden Kinderbuch möchte ich allen Kindern helfen, ihre Konzentration zu verbessern und achtsam zu leben. Mit Sarah, Noah und den lieben Tieren aus meinen Geschichten kann sich jedes Kind identifizieren sowie sich vielleicht in der einen oder anderen Situation selbst wiedererkennen. Dies soll bewirken, dass sich die Kinder reflektieren und spielerisch begreifen, was wahres Glück bedeutet.

Jedes Kind ist wundervoll, ganz egal, ob es eher stürmisch im Verhalten oder ruhig ist. Wenn wir unsere Kinder zu dankbaren Persönlichkeiten erziehen, unterstützen wir sie damit nicht nur positiv in ihrer Entwicklung, sondern machen sie obendrein zu glücklicheren Menschen. Sie sollen mithilfe meiner Geschichten verstehen, dass sie mit einem klaren Fokus und einer lebendigen Portion Fantasie alles schaffen können.

Zu jeder Geschichte steht zu Anfang geschrieben, welche Eigenschaft sie stärkt und worüber sie handelt. Am Ende der Geschichte wartet ein kleiner interaktiver Teil, der das Kind direkt zum Denken und Lernen anregt. Hierbei empfehle ich, dass mit dem Kind gemeinsam darüber gesprochen und behutsam auf seine eigenen Gedanken und Gefühle eingegangen wird, wenn es etwas erzählt. Dabei gibt es kein „Richtig oder Falsch". Der interaktive Part dient dazu, dass das Kind über sich selbst nachdenkt und sich mit seinen Eltern austauscht über Dinge, die es vielleicht in seinem Innersten bewegen.

Nun wünsche ich viel Freude beim Lesen & Zuhören,
Eure

1. Die Nacht-Eule Lulu, die vom Tage träumt

Lulu ist eine schlaue, kleine Nachteule, die den Tag mehr liebt als die Nacht. Ihre Familie ist darüber nicht sehr begeistert, schließlich sind Eulen nachtaktiv. Doch Lulu schläft lieber nachts, um tagsüber fit zu sein und die Welt erkunden zu können. Gemeinsam mit ihren besten Freunden, dem blonden Mädchen Sarah und dem braunhaarigen Noah, spielt sie den lieben langen Tag. Die Menschenkinder zeigen und erklären der aufgeweckten Eule alles über die Sonne, den blauen Himmel und das grüne Gras. Lulu genießt das Sonnenlicht, den Vogelgesang und das strahlende Blau des Himmels in vollen Zügen. Sarah und Noah, für die die Schönheit des Tages fast selbstverständlich ist, können viel von ihr lernen. Sie staunen darüber, wie achtsam die kleine Nachteule ihre Umwelt erkundet und sehen die Welt wie nie zuvor!

Lerneffekt

Achtsamkeit

Die Geschichte

Lulu ist keine gewöhnliche Eule. Sie liebt den Tag! Was weißt du über Eulen? Sie fliegen, sie sind nachtaktiv und man hört ihr „Huhu“ manchmal im Wald. Außerdem sind Eulen schlau und haben sehr gute Augen. Die brauchen sie auch in der Dunkelheit der Nacht...

Doch Lulu ist anders. Lulu ist zwar eine Nachteule, doch sie mag die Nacht nicht besonders. Lulus Familie ist davon nicht sonderlich begeistert. „Lulu, du bist eine Nachteule! Du musst doch auch in der Nacht wach sein, so wie wir es tun.“ Schon oft hat Lulus Familie sie davon überzeugen wollen, dass sie tagsüber schlafen soll. Lulus Antwort ist aber immer gleich. „Ich möchte nicht den Tag verschlafen! Ich bin nicht so wie ihr!“ Lulu wird von ihrer Familie geliebt. Sie sind zwar nicht begeistert darüber, dass Lulu sich für eine Nachteule so ungewöhnlich verhält. Doch sie akzeptieren sie genau so, wie sie ist.

Eines Tages trifft Lulu auf Sarah und Noah. „Sieh mal, Noah! Da sitzt eine Eule“, sagt die blonde Sarah zu ihrem Freund Noah, der sich sofort umdreht. „Quatsch, das kann nicht sein!“, sagt der braunhaarige Junge. „Eulen sind nachtaktiv, das weiß doch jedes Kind!“ „Was heißt das?“, fragt Sarah. „Na, dass sie nur bei Nacht fliegen!“ Noah klärt Sarah auf, doch da auf dem Baum sitzt tatsächlich eine Eule. „Du hast Recht, Sarah. Das ist wirklich eine Eule!“ „Sag ich doch!“, meint Sarah. „Was macht sie denn hier?“ „Ich weiß es nicht!“, schüttelt Noah mit dem Kopf. Der neugierige Junge nähert sich der Eule langsam an. „Was machst du da?“, Sarah hat Angst. „Ich möchte mir die Eule genauer anschauen. Ich habe eine Eule noch nie am Tag gesehen!“ Mit ganz großen, neugierigen Augen kommt Noah dem Tier immer näher und näher. „Sei vorsichtig!“, ruft Sarah ihm hinterher. „Das ist eine ziemlich kleine Eule. Sie sieht aber süß aus. Sie bewegt sich ja gar nicht!“ Noah mustert die Eule von oben bis unten.

„Hey, hast du etwa noch nie eine Eule gesehen?“, ruft Lulu ihm plötzlich frech zu. Die Kinder erschrecken sich. Nicht nur haben sie noch nie etwas von einer Eule, die am Tag aktiv ist, gehört. Sie haben eine Eule auch noch nie zu Menschen sprechen gehört! „Du kannst sprechen? Du kannst uns verstehen?“, Noah kriegt seinen Mund gar nicht mehr zu vor Staunen. „Und du sitzt am hellichten Tag auf einem Baum? Du bist doch nachtaktiv!“ Auch Sarah kann ihre Begeisterung nicht verbergen. „Ja, genau! Wie kommt das denn?“ Lulu grinst und schüttelt mit dem Kopf: „Ihr seid ja wie meine Eltern. Die wundern sich auch, weil ich am Tag unterwegs bin.“

„Es ist ja auch ungewöhnlich. Warum bist du denn anders als die anderen Eulen?“, fragt der aufgeweckte Noah nach. „Das ist ganz einfach. Tagsüber finde ich die Welt viel aufregender! Es gibt so viel zu sehen! Es ist alles bunt. Ich sehe dein braunes Haar. Ich sehe ihr blondes Haar. Aber nachts? Nachts ist alles grau. Also schlafe ich nachts, wie es die Menschen tun. Ihr habt es so gut, dass ihr tagsüber wach sein dürft!“

„Darüber habe ich noch nie nachgedacht!“, staunt Sarah, die sich der Eule nun auch nähert. „Ich bin übrigens Sarah. Das ist Noah. Wie heißt du?“ „Ich bin Lulu“, meint die ungewöhnliche Eule, die mit einem Satz vom Ast abhebt und direkt vor Sarah und Noah landet. „Das da zum Beispiel. Wie nennt ihr Menschen das? Dieser gelbe, große Ball?“ Noah schaut verdutzt: „Du meinst die Sonne? Die Erde kreist um sie und so entstehen die Jahreszeiten.“ „Wow“, seufzt die Eule. „Ich kenne nichts Schöneres, als meine Flügel in der Sonne zu spüren. Mich einfach von der Sonne anstrahlen zu lassen und den Moment zu genießen. In der Nacht geht das einfach nicht! Mögt ihr das auch gern?“ Noah und Sarah sehen sich verdutzt an. „Wir denken eigentlich gar nicht daran, dass die Sonne scheint. Das ist für uns selbstverständlich.“ Lulu, Noah und Sarah wenden sich nun der Sonne zu und genießen den Moment, genau wie die kleine Nachteule.

Lulu staunt weiter: „Und dieses Blau! Sobald der Tag beginnt, schaue ich einfach nur nach oben und genieße den Anblick. Da ist nichts Graues zu sehen!“ „Du meinst Wolken?“, fragen die Kinder. Nun schaut auch Sarah zum Himmel und stellt fest: „Ja, das stimmt. Der Himmel ist heute wolkenlos und strahlend blau.“ Da fragt die Eule: „Ihr müsst bestimmt sehr oft zum Himmel hinaufschauen oder? Er ist so schön blau!“ Sarah und Noah schauen sich erneut etwas fragend an, ehe sie das wundervolle tiefe Blau des Himmels weiter begutachten. Die Eule ist ein sehr schlaues und achtsames Wesen und fasziniert sich für den Tag: „Es gibt einfach kein Ende! Könnt ihr ein Ende sehen? Überall nur ist das Blau zu sehen, klar, rein. Wohin ich auch fliegen möchte, der Himmel ist immer da und gibt mir den Freiraum.“ Nun staunen auch die Kinder: „Stimmt, so haben wir noch nie über den Himmel nachgedacht! Er ist unendlich weit, wie wundervoll...“

Noah und Sarah denken noch über den Himmel nach, als Lulu an einem Blatt schnuppert, das direkt neben ihr liegt. „Wie nennt ihr Menschen das?“, fragt sie neugierig. „Das ist ein Blatt! Ein Blatt von dem Baum, der dort steht.“ „Dieses Blatt, habt ihr einmal daran gerochen? Es riecht wie die pure Natur. Es fühlt sich so angenehm an und hat so wundervolle, feine Strukturen.“ „Stimmt, du hast Recht!“, sagt Sarah, die sich ebenfalls ein Blatt genommen hat. „Wir sehen diese Blätter so oft, doch wir haben es noch nie so genau betrachtet!“

Noah schaut etwas traurig zu Boden. „Was ist?“, fragt Lulu besorgt. Der kleine Junge antwortet: „Ich finde, Mensch zu sein ist gar nicht immer so toll. Ich habe mir schon oft gewünscht, ein Vogel zu sein!“ „Ein Vogel? Warum denn das?“, erwidert Lulu überrascht. Noah antwortet ihr: „Ich würde so gern auch fliegen können!“ Sarah ergänzt: „Außerdem haben Menschen gar nicht die Zeit, um auf solche Details zu achten! Mutter und Vater kommen von der Arbeit nach Hause und sind dann meist schon müde. Sie machen irgendwie jeden Tag dasselbe! Dass die Sonne gelb, dass das Gras grün und der Himmel blau sind, ist für uns irgendwie nichts Besonderes. Stimmt's, Noah?" „Ja, stimmt genau!", Noah nickt.

„Aaarbeit?", Lulu fährt sich mit dem Flügel verwirrt über das Gesicht. „So seid ihr Menschen also? Ihr habt von morgens bis abends Zeit, ehe die Sonne untergeht. Ihr müsst doch nicht die ganze Zeit nur arbeiten? Und warum regt ihr euch denn über die Arbeit auf? Könnt ihr euch die nicht aussuchen?" Noah und Sarah wissen nicht, was sie darauf antworten sollen. „Ich bin eine Nachteule. Aber ich liebe es, den Tag zu genießen. Ich mag es, die Farben zu sehen. Für euch ist es vielleicht normal, aber für mich ist es ganz besonders! Stellt euch doch nur mal vor, ihr wärt eine Nachteule und würdet das alles zum ersten Mal sehen!"

In diesem Moment erinnert sich Noah an die Hausaufgaben. „Der Aufsatz, Sarah!" „Ich weiß, Noah. Aber ich habe jetzt eine gute Idee, worüber wir schreiben können!" Noah und Sarah gucken Lulu begeistert an. Die Eule fragt: „Was ist? Habe ich etwas auf dem Flügel?" Lulu dreht ihren Kopf einmal um sich selbst, doch sehen kann sie nichts. „Nein, du tag-aktive Nachteule! Wir schreiben einen Aufsatz über dich!", meint Noah euphorisch.

„Über mich?" Lulu wird rot und kichert verlegen: „Was wollt ihr über mich schreiben?" „Na das, was du uns eben alles gesagt hast! Dann wirst du weltberühmt!", meint Noah. „Dass du eigentlich eine Nachteule bist, aber lieber am Tag aktiv bist. Und dass du so achtsam bist und so vieles um dich herum wahrnimmst." „Du, Noah?" Sarah wirkt nachdenklich. „Was ist?“, hakt Noah nach. „Ich glaube, unsere Eltern sind auch Nachteulen. Die sitzen immer noch so lang am Schreibtisch. Oder sie schauen am Wochenende ganz spät noch Fernsehen.“ „Stimmt! Das können wir auch in den Aufsatz schreiben!“, schmunzelt Noah.

„Und das nächste Mal spielen wir ein Spiel! Ich sehe was, was du nicht siehst!“, schlägt Noah allen vor. Sarah wendet ein: „Da wird Lulu doch eh gewinnen, du Witzbold!“ Lulus Interesse ist geweckt, sie fragt: „Was ist das für ein Spiel?“ Die Kinder freuen sich schon und versprechen ihr: „Das erklären wir dir morgen. Wir müssen jetzt nach Hause und den Aufsatz schreiben. Bis dann, Lulu!“ Die Eule winkt zurück: „Bis dann, meine lieben Kinder!“ Die beiden rennen los.

Zuhause angekommen schreiben Sarah und Noah ihren Aufsatz über die Nachteule Lulu, die den Tag genießt, auch wenn ihre Artgenossen ganz anders sind als sie. Sie nennen den Aufsatz „Die unglaubliche Achtsamkeit der Nachteule Lulu“. Die Kinder sind begeistert darüber, was der Eule auffällt und auf welche faszinierenden Kleinigkeiten sie achtet.

Am nächsten Tag in der Schule liest die Lehrerin den Aufsatz laut vor. Alle Kinder hören aufgeregt zu. Kaum hat die Lehrerin den letzten Satz vorgelesen, klatschen alle Kinder. „Von dieser Eule kann ich noch etwas lernen!“, meint die Lehrerin, während sie Sarah und Noah die Note Eins unter den Aufsatz schreibt.

Später am Nachmittag treffen sich Sarah, Noah und Lulu wieder. Die aufmerksame Lulu ist ganz stolz, als sie erfährt, dass die Kinder in der Schule applaudiert haben.
Die drei neuen Freunde spielen den ganzen Nachmittag miteinander und erleben viele aufregende Dinge.

Interaktiver Teil

Bist du auch so vom blauen Himmel und der Sonne fasziniert wie Lulu?

Was hörst du alles, wenn du im Wald oder auf der Wiese spazieren gehst?

Wenn du das nächste Mal draußen in der Natur bist, dann nimm dir zehn Minuten Zeit, in der du ganz leise bist: Berühre Baumrinden. Berühre Blätter und Äste, und spüre, wie unterschiedlich sie sich anfühlen. Berühre Steine. Schließe die Augen und spitze deine Ohren, was hörst du alles? Vielleicht ein Zirpen? Vogelgezwitscher? Oder fließendes Wasser?

2. Das Alleinhorn Lonely & sein größter Schatz

Das einsame Alleinhorn Lonely hat nicht viele Freunde. Es lebt zurückgezogen und ganz alleine im Zauberwald in einem Schloss aus funkelnden Diamanten. Als sich das pinke Pegasus namens Fly in den Wald verirrt und plötzlich die Erde bebt, hilft Lonely dem armen sofort aus der Not. Leider wird kurz darauf Lonelys prunkvolles Märchenschloss von dem Erdbeben beschädigt. So manche Kostbarkeit verschluckt der Erdboden, zum Beispiel Lonelys Diamantensammlung und goldene Puppen. Doch das Alleinhorn ist kein bisschen traurig darüber, denn es gewinnt einen neuen, besten Freund. Gemeinsam räumen sie das Schloss auf und lernen sich dabei richtig gut kennen. Sie freuen sich so sehr darüber, sich gefunden zu haben. Dank dieser Lektion begreifen sie, dass Freundschaft das Wichtigste ist. Nämlich viel wichtiger als Diamanten und Schlösser.
Seitdem ist das mutige Alleinhorn nie mehr einsam!

Lerneffekt

Glück, Freundschaft, Bescheidenheit

Die Geschichte

Das Alleinhorn Lonely wohnt in einem Zauberwald. Dieser Wald ist wunderschön und verzaubert und erstrahlt in ganzer Pracht. Die Blätter und Äste seiner Bäume ändern ständig ihre Farben. Denkt man in einem Moment, alles sei grün und natürlich, so nehmen die Blätter in der nächsten Sekunde eine ganz andere Farbe an, zum Beispiel pink oder blau. Hat man das Gefühl, den Weg durch den Wald zu kennen, so ändert er sich einfach. Die Wurzeln schlagen anders, die Bäume wiegen sich in unterschiedliche Richtungen. Doch dieser Zauberwald hat noch viel mehr zauberhafte Wesen zu bieten als seine Pflanzen und Bäume. Lonely genießt ihre einsamen Spaziergänge im magischen Wald. Sie wohnt in einem glitzernden Schloss, das man schon von weitem erkennt. Das liegt an den funkelnden Diamanten, die sehr hell strahlen. Sie blenden einen förmlich, denn sie sind pur und völlig klar.

Lonely verbringt den heutigen Tag in ihrem Schloss. Sie steht auf der Veranda und blickt sehnsüchtig in den Zauberwald hinaus. Wenn ihr langweilig ist, macht sie das immer, denn der Anblick fasziniert sie jedes Mal wieder von Neuem. Dann wirft sie einen Blick auf ihr Schloss und betrachtet die schillernden, wertvollen Diamanten. Die Eindrücke sind sehr abwechslungsreich. Lonely ist stolz auf das, was sie hat. Sie mag das Funkelnde und Schillernde, auch wenn sie sich manchmal fragt, was sie eigentlich so ganz allein in ihrem glitzernden Schloss machen soll. Und während Lonely in Gedanken versunken ist, ändert sich die Situation plötzlich...

Die Erde beginnt zu wackeln. „Waaas ist denn nuuun looos?“, wundert sich Lonely, das einsame Einhorn. Es kommt ihr so vor, als gäbe es ein Erdbeben. Die Erde bebt und der Zauberwald macht, was er will. Mal bewegen sich die Bäume in die eine, dann in die andere Richtung. Lonely weiß gar nicht, wo sie zuerst hinsehen soll.

Das Einhorn ahnt zu diesem Zeitpunkt noch nicht, dass sie nicht allein im Zauberwald ist. In ihren Wald hat sich nämlich Fly verirrt. Fly, ein fliegender Pegasus, war eben noch auf dem Weg nach Hause, als das Erdbeben begann. Dann verlief er sich. Er wurde von der Kraft der Natur einfach mitgerissen. Da steht Fly nun, der noch nie in diesem Zauberwald war und keine Ahnung hat, wo er ist oder wie er wieder aus dem Wald hinauskommt.

„Oh je, was mache ich denn jetzt?“, fragt sich Fly, während das Pegasus durch den Zauberwald gerüttelt wird. Es kommt ihm so vor, als befinde er sich in einem Labyrinth.

„Hilfe!“, ruft Fly laut, um auf sich aufmerksam zu machen. Er hat Angst, denn schließlich ist der Wald so groß und unübersichtlich. „Hilfe!“, schreit er. Der Zauberwald lässt Flys Rufe umso lauter ertönen. Das Echo des Pegasus schallt durch den gesamten Wald. Und so wird Lonely auf die Hilferufe aufmerksam. „Nanu, wer ist denn da?“ Lonely zögert keine Minute. Sie fliegt sofort los, um Hilfe zu leisten.

Es dauert nicht lang, bis sie Fly findet. „Hallo? Wer bist du? Ich bin Lonely. Du hast nach Hilfe gerufen?“ „Oh, Hallo, Lonely. Gut, dass du da bist! Du bist meine Rettung. Ich bin Fly. Ich war gerade auf dem Weg nach Hause, da erfasste mich dieses Erdbeben und hat mich total aus der Spur gebracht!“ „Oh je, ich verstehe!“, antwortet Lonely. „Und dann hast du dich verirrt. Du warst hier wahrscheinlich noch nie, oder?“ „Nein“, erwidert Fly. „Dieser Wald ist mir völlig unbekannt! Die Blätter ändern ständig ihre Farbe und die Wege führen ins Nichts. Ich glaube, ich bewege mich schon die ganze Zeit im Kreis!“
Lonely lacht. „Jaaa, der Zauberwald ist schon sehr speziell. Er möchte Gesellschaft. Er beschützt diejenigen, die sich in ihm aufhalten. Er beschützt sie auch vor Erdbeben. Aber der magische Wald mag es nicht so gern, wenn man ihn verlässt. Zum Glück hast du mich getroffen! Dieser Wald ist mein Zuhause und ich kenne ihn so gut wie meine Westentasche. Möchtest du zu mir in mein Schloss kommen, Fly? Dort können wir uns aufwärmen und warten, bis das Erdbeben vorbei ist. Dann helfe ich dir, nach Hause zu kommen!“

„Das ist sehr nett von dir, Lonely. Ich weiß gar nicht, was ich sagen soll. Ohne dich wäre ich verloren! Aber ich möchte dir keine Umstände machen. Mmhh... ich muss zugeben, dass dein Schloss schon sehr spannend klingt. Wohnst du allein dort?“ „Ja, ganz allein. Du machst mir überhaupt keine Umstände. Ich freue mich, wenn du kommst. Folge mir!“ Lonely fliegt los und Fly muss zusehen, dass er überhaupt hinterherkommt. „Es ist ein großes Schloss. Ich liebe es. Es glitzert und besteht aus unzähligen Diamanten. Meine goldenen Puppen mag ich besonders. Ich kann dir alles zeigen, wenn du möchtest.“

„Wow, goldene Puppen? Diamanten? Das klingt aufregend!“ Fly ist schon gespannt und neugierig, ehe sich beide dem nahegelegenen Schloss annähern. „Man sieht die Diamanten schon von weitem. Siehst du sie?“ „Ja, wow!“ Fly weiß nicht, was er sagen soll. Das Erdbeben tobt immer noch und beide müssen auf die Bäume achten, die sich ständig zur Seite neigen. Fly ist jedoch abgelenkt, denn die Diamanten in der Ferne ziehen ihn völlig in seinen Bann.

Die frisch gebackenen Freunde landen auf Lonelys Anwesen. „Wow!“ Fly kommt aus dem Staunen nicht mehr heraus, während er das Schloss und die Edelstein-Verkleidung von außen mustert. „Komm rein!“ Lonely zeigt sich als äußerst gastfreundlich und fliegt voraus. Fly folgt ihr. Er kriegt seinen Mund immer noch nicht zu. „Ah!“ Fly hört, wie Lonely schreit. Er wundert und erschrickt sich. „Lonely? Was ist los?“ Er fliegt schneller und steht nun direkt neben Lonely. Ihr Gesicht ist kreidebleich geworden.

„Meine Diamantensammlung! Meine Puppen! Das Erdbeben hat alles verschluckt!“, stellt Lonely bestürzt fest. Fly tröstet das Alleinhorn: „Naja, das macht doch nichts! Hauptsache dir ist nichts passiert.“ „Da hast du Recht, Fly. Und weißt du was? Ich habe zwar mein Gold und meine Diamanten verloren, aber den allergrößten Schatz gefunden!“, bekommt Lonely neuen Mut.

Das Pegasus ist erstaunt: „Jaa? Welchen Schatz denn?“ Das Alleinhorn schmunzelt: „Na, DICH!“ Pegasus grinst verlegen zurück und fühlt sich sehr geschmeichelt. Die beiden werden sofort beste Freunde.

Fly bietet dem Alleinhorn an: „Du hast mir im Wald geholfen. Ohne dich wäre ich verloren gewesen! Ich werde dir helfen, dein Schloss wieder in Ordnung zu bringen!“ Lonely ist erstaunt: „Du musst das nicht für mich tun, Fly!“ Doch das Pegasus bleibt hartnäckig: „Ich möchte es aber für dich tun. Du warst sehr hilfsbereit. Du bist einfach losgeflogen und hast mich gerettet. Dir hätte auch etwas passieren können!“ Fly legt seinen Flügel um Lonelys Schulter und bedankt sich aufrichtig: „Ich finde es nur fair, wenn ich mich so revanchiere!“

Und so machen sich beide ans Werk. Sie schnappen sich die Werkzeugkiste und beginnen damit, kaputte Möbel zu reparieren und das Chaos, das das Erdbeben hinterließ, in Ordnung zu bringen. Draußen beruhigt es sich langsam wieder. Da findet das Pegasus auf dem Boden des Schlosssaals plötzlich eine zersprungene goldene Puppe: „Die können wir leider nicht mehr retten. Tut mir leid. Bist du sehr traurig?“, fragt Fly seine

Einhorn-Freundin. Lonely denkt kurz nach. „Nein, nicht wirklich.“ Fly antwortet: „Du hattest dieses Funkeln in deinen Augen, als wir zum Schloss geflogen sind. Man hat gemerkt, wie viel dir all das hier bedeutet.“ Das Alleinhorn gibt ihm Recht: „Ja, das stimmt, aber...“ Lonely stockt. „Aber?“, fragt Fly neugierig. „Mir ist beim Aufräumen mit dir etwas aufgefallen. Diamanten sind nur Diamanten. Man kann sie ersetzen. Man kann sich welche kaufen. Aber einen Freund wie dich kann man sich nicht kaufen, für kein Geld der Welt. Ich bin sehr froh, dass du mir geholfen hast!“

Fly ist gerührt. „Ja, du hast Recht. Freundschaft kann man sich wirklich nicht kaufen. Ohne dich als hilfsbereites Einhorn wäre ich völlig verloren gewesen in diesem verzauberten Wald! Freundschaft ist unbezahlbar, Lonely!“ Beide legen sich gegenseitig ihre Flügel auf und schauen über die Veranda auf den Zauberwald, welcher zu leuchten beginnt. „Lonely?“, meldet sich Fly erneut zu Wort. „Ja?“ „Dein Name bedeutet ‚einsam‘. Ab heute möchte ich dich lieber „Lovely“ nennen. Denn du bist nicht mehr allein! Lovely heißt freundlich, nett oder lieb.“ Beide blicken in den Wald und strahlen. Von diesem Tag an ist Lovely nie wieder einsam und hat Fly an ihrer Seite.

Interaktiver Teil

Hast du auch gute Freunde, denen du gerne hilfst und die immer für dich da sind?

Hast du vielleicht das ein oder andere alte Spielzeug, das du nicht mehr brauchst oder gerne verschenken möchtest?

Findest du wahre Freunde auch wertvoller als alle Diamanten der Welt? Wenn deine Freunde Diamanten wären, in welchen Farben würden sie funkeln?

3. Der kleine „Auahahn“[*6] Anton

Der kleine Auerhahn Anton ist manchmal ganz schön tollpatschig. Vor kurzem hat er sich den Flügel verstaucht, denn er war gar nicht achtsam, sondern hat viele Dinge gleichzeitig gemacht. Daraufhin empfiehlt ihm seine Mutter einen Besuch bei Dr. Spieglie, einem Chamäleon, das zaubern kann. Das Chamäleon hilft Tieren dabei, verschiedene Probleme in den Griff zu bekommen. Um dem kleinen Anton zu helfen, verwandelt sich Spieglie in einen Auerhahn und zeigt Anton, worüber er dankbar sein kann und dass es sich lohnt, achtsam durch den Alltag zu gehen.

Lerneffekt

Achtsamkeit, Dankbarkeit

Die Geschichte

„Nicht schon wieder!“, schimpft Anton, der kleine Auerhahn, als er über ein Telefonkabel stolpert. „Nicht schon wieder! Das kann doch nicht sein!“ Anton ist wirklich verzweifelt. Er ist so tollpatschig, dass ihm immer wieder Missgeschicke passieren. Gerade hat er das Telefonkabel mit sich gerissen. Erst neulich hat er sich einen Flügel verstaucht, weil er beim Laufen gestolpert ist. Selbst seine Freunde warnen ihn. „Anton, du musst ein bisschen besser auf dich aufpassen!“, meinte einer neulich. „Du machst oft viele verschiedene Dinge gleichzeitig! Warum konzentrierst du dich nicht auf eine Sache?“, wird er immer wieder gefragt. Tja, Anton hat eben immer viel zu tun. Oft passiert ihm deshalb ein Missgeschick. „Was soll ich denn machen?“, meint Anton dann verzweifelt. „Ich bin ein Auerhahn, ich habe viel zu tun!“ „Ein AUAhahn bist du!“, nannte ihn ein Schulkamerad erst neulich. „Auahahn – ja, das passt zu mir!“, dachte Anton dann. Seitdem wird er von seinen Freunden nur „Auahahn“ genannt. Doch dabei will er eigentlich ein ganz normaler Auerhahn sein, ohne „Aua“! Wie kann er sich nur helfen? „Ich sollte Mutter fragen!“, überlegt sich Anton, als er zum Telefon greift.

„Mutter?“ Die Mutterhenne ist gerade auf der Arbeit und nimmt ab. „Hallo, lieber Anton, schön von dir zu hören“, begrüßt ihn seine Mutter am anderen Ende der Leitung. „Ich habe ein Problem“, gesteht ihr Anton. „Es geht um deine Tollpatschigkeit, richtig?“, die Mutterhenne ahnt es sofort. „Woher weißt du das?“, fragt Anton verdutzt. „Deine Freunde haben mir erzählt, dass du inzwischen sogar schon Auahahn in der Schule genannt wirst. Was machst du denn nur immer?“ „Ich weiß es auch nicht, Mutter. Ich bin in letzter Zeit so unachtsam. Ich habe so viel zu tun und möchte vieles gleichzeitig machen. Und am Ende geht dann irgendwas schief.“ „Ich kenne das, Anton. Ich habe da eine Idee. In deiner Nähe wohnt Dr. Spieglie, das Chamäleon. Er hat schon vielen Tieren geholfen, habe ich gehört. Man sagt, er habe magische Kräfte und könne wirklich jedem helfen. Er wohnt auf dem Baum Nr. 10. Du solltest ihn besuchen!“ „Danke Mutter, das werde ich!“ Dann verabschieden sich die beiden voneinander, schicken sich noch einen dicken Schmatzer per Luftpost zu und legen schließlich die Hörer auf.

Anton, der am nächsten Tag beim Versuch, seine Hose anzuziehen, beinahe hinfällt, verliert keine Zeit. Er besucht den

Arzt, das magische Chamäleon. „Hallo, Herr Dr. Spieglie, bist du da?“ Anton klopft an die Tür. „Hallo?“, fragt er erneut. „Wer ist da?“, antwortet Anton eine ganz tiefe Stimme. „Ich bin Anton, der Auerhahn.“ „Hallo Anton“, erwidert die Stimme sofort. „Ich bin Dr. Spieglie, das Chamäleon. Warum bist du zu mir gekommen?“ Da erklärt der kleine Hahn dem Doktor alles: „Ich bin so tollpatschig. Ich mache nämlich zu viele Dinge gleichzeitig. Meine Freunde nennen mich schon Auahahn, weil ich mir so oft weh tue. Ich weiß nicht, was ich machen soll!“ „Okay, Anton“, meint Dr. Spieglie und fragt ihn: „Sagst du mir, wie du aussiehst?“ „Wie ich aussehe?“, denkt Anton verdutzt. „Ich bin ein Auerhahn. Ich habe gelbes Gefieder, meine Füße sind orange und mein Kamm ist ebenfalls gelb.“ Die Tür öffnet sich. „Komm herein, Anton.“ Anton betritt das Zimmer, in welchem sich nur ein Spiegel befindet. Dr. Spiegli sieht er nicht. Dann erblickt er sich plötzlich selbst im Spiegel. Das Spiegelbild bewegt sich völlig anders als er selbst. „Dr. Spieglie, wer ist das im Spiegel?“, fragt Anton verdutzt. „Das bin ich und ich bin nun du, Anton. Wir sehen für diesen Moment völlig gleich aus. Sag mir, wofür du in deinem Leben dankbar bist!“ „Dankbar?“, stutzt Anton, der sich diese Frage so noch nie gestellt hat. „Ähm, da muss ich überlegen... Ich bin dankbar, dass ich fliegen kann. Dass ich ein Dach über dem Kopf habe. Und ein warmes Bett, was auch nicht jedes Tier hat. Ich habe außerdem tolle Freunde. Und jeden Tag zu trinken und zu essen. Meine Eltern halten immer zu mir, obwohl ich tollpatschig bin.“ Anton fällt auf einmal ganz vieles ein, wofür er dankbar ist. Und er merkt, wie er sich entspannt. „Ich denke selten darüber nach, aber eigentlich geht es mir doch sehr gut.“

„Ab jetzt machst du es anders, Anton!“ Dr. Spieglie gestikuliert wild. „Jeden Tag stellst du dich dreimal, wie eben, vor den Spiegel und du sagst deinem Spiegelbild, wofür du gerade dankbar bist. Außerdem konzentrierst du dich ab sofort nur noch auf eine Sache und fängst keine tausend Sachen gleichzeitig an. Wenn du viel zu tun hast, atmest du tief ein und aus. Eine ganze Minute lang! Lasse deine Gedanken in dieser Zeit kommen und gehen. Vertrau mir, Anton. So wird es dir schon bald besser gehen!“

Anton vertraut dem Chamäleon. Er geht nach Hause und setzt Dr. Spieglies Rat gleich in die Tat um. Er sagt sich jeden Tag drei Mal, wofür er dankbar ist. Ihm fallen tausend Sachen ein und er merkt immer mehr, wie gut er es hat. Im stressigen Alltag spürt er ganz deutlich, wie gut ihm die Pausen und das bewusste Atmen tun. Und siehe da! Nach kurzer Zeit passieren ihm fast gar keine Missgeschicke mehr. Jetzt nennt ihn keiner mehr „AUAhahn“.

Interaktiver Teil

Ging es dir auch schon mal wie dem Auahahn Anton und hast du dir weh getan, weil du nicht aufgepasst hast?

Hast du dich schon mal riesig gefreut, weil du so schnell gesund geworden bist? Hast du Dankbarkeit gespürt, dafür, dass du wieder gesund geworden bist?

Für welche Menschen um dich herum bist du dankbar?

Für welche Dinge bist du dankbar?

4. Die Raupe mit den unsichtbaren Flügeln

Die kleine Raupe namens Turbi träumt seit sie denken kann vom Fliegen. Sie ist sehr tüchtig und tüftelt Tag für Tag an ihren Plänen und Ideen. Manchmal gelingen ihr dabei sensationelle Erfindungen, die die ganze Insektenwelt weit und breit ins Staunen versetzt. So hat sie zum Beispiel aus einer runden Blüte und ein paar Grashalmen einen Heißluftballon gebaut. Doch Turbi will unbedingt selbst fliegen ohne Hilfsmittel, so frei wie ein Vogel. Leider fehlen ihm dazu die Flügel. All seine Insektenfreunde versuchen, ihm das Fliegen auszureden. Sie sagen, Turbi sei nicht dazu gemacht. Mit der Zeit gibt die erfinderische Raupe ihren Traum von eigenen Flügeln auf und findet sich damit ab, dass sie wohl für immer auf dem Boden bleiben muss. Doch dann passiert etwas Unfassbares, mit dem niemand gerechnet hätte – auch nicht Turbi! Er trifft den magischen und kunterbunten Kolibri „Flatterius", der über Zauberkräfte verfügt. Bei jedem Flügelschlag versprüht er

Diamanten-Konfetti, welches sich nach kurzer Zeit wieder in Luft auflöst. Ob der magische Kolibri den Traum der Raupe Turbi erfüllt?

Lerneffekt

Kreativität, Glück, Magie

Die Geschichte

„Ach, wie schön wäre es, über den Wolken zu schweben, völlig frei und federleicht zu sein…", träumt die kleine, niedliche Raupe vor sich hin. Turbi denkt fast jeden Tag an das Fliegen. Er weiß nicht, wieso ihn dieser Gedanke so fasziniert, aber seit er denken kann, ist das Fliegen ein Teil seiner Selbst. „Wie schön wäre es, hoch oben zu fliegen, alles im Blick zu haben und erkunden zu können." Turbi verliert die Realität oft aus den Augen, denn die sieht nämlich ganz anders aus.

„Turbi? Was träumst du denn wieder?" Die Ameisen kennen den verträumten Turbi nur zu gut. Sie schätzen ihn sehr für seine genialen Erfindungen. „Du hast einfach immer die besten Ideen!", sagen sie. „Turbi, du hast unserem Volk schon so viele tolle Erfindungen geschenkt! Du bist immer für uns da! Weißt du noch, der Heißluftballon?" Die Spinne stimmt zu: „Ja, Turbi. Der Heißluftballon! Du wolltest ihn unbedingt blauen und mit ihm schweben, und das ist dir gelungen, war das toll!"

„Ja, das war toll!“, bestätigt Turbi. „Aber ich möchte richtig fliegen können. Ohne Hilfsmittel, einfach so!“ „Also, mir und meinen Kindern hast du damit einen Riesen-Wunsch erfüllt!“, meint die Spinne. „Wir leben ständig auf unseren acht Beinen. Dass wir eines Tages fliegen können, das hätte keiner vermutet. Das war eine tolle Idee, Turbi!“, schwärmt die Spinne erneut. „Ach, vielen Dank, das habe ich gern gemacht“, freut sich der bescheidene Turbi. Es kommen noch mehr Insektenfreunde vorbei. Ein Schmetterling lobt ihn: „Wer kommt schon auf die Idee, aus einer runden Blüte und ein paar Grashalmen einen Ballon zu bauen! Du bist wirklich ein Genie, Turbi!“ „Das ist schön zu hören, Danke“, erwidert Turbi dem Schmetterling. „Aber ich bin trotzdem traurig. Du hast Flügel und siehst die Welt ständig von oben. Wie gern wäre ich doch auch ein Schmetterling!“ Turbi ist und bleibt betrübt. Die Spinne gibt ihm einen gut gemeinten Rat: „Ich verstehe dich nicht, Turbi. Je eher du erkennst, wer du bist, desto schneller bist du glücklich.“ Doch Turbi möchte nicht wahrhaben, dass er nun mal eine Raupe und kein Insekt mit Flügeln ist. Nachdenklich robbt die Raupe Turbi nach Hause. „Ich mag es, den anderen Tieren zu helfen“, denkt

Turbi. „Ich scheine jedem helfen zu können, außer mir selbst!" Müde und vor allem etwas enttäuscht kriecht Turbi in sein Bett. Er ist schon ganz erschöpft vom vielen Denken an das Fliegen. „Mmmh... wohin würde ich zuerst fliegen?" Wen würde ich besuchen?" Irgendwann schläft er dann endlich ein.

Turbi träumt in dieser Nacht sehr intensiv. Er sieht sich vor seinem inneren Auge, wie er schläft. Doch plötzlich hört er etwas Lautes. In ihrem eigenen Traum wacht die Raupe auf. Es wird dunkler und sie merkt, dass etwas über ihr ist. Turbi schaut in den Himmel. Ein großer Schatten befindet sich über ihm. Es ist so dunkel, dass Turbi erst gar nicht sehen kann, was da überhaupt ist. „Das ist Flatterius!" Eine andere Stimme meldet sich. Turbi schaut verdutzt in Richtung der Stimme. Er merkt, dass es die Spinne vom heutigen Tage ist. Die Spinne ruft: „Das ist der magische Kolibri!" „Wer?", fragt Turbi, er hat keine Ahnung, wer Flatterius wohl sein mag.

„Er taucht nur alle hundert Jahre hier auf", meint die Spinne. „Aber wenn er auftaucht, dann passiert immer etwas Besonderes. Er versprüht Diamanten-Konfetti und glänzt. Flatterius bleibt nur kurz und verschwindet schnell wieder. Er ist magisch! Bestimmt bekommst du ihn gleich zu Gesicht!" Nun tauchen plötzlich viele fleißige Bienchen in Turbis Traum auf, auch sie sind auf den Kolibri aufmerksam geworden, der immer noch in der Luft herumkreist.

„Das ist wirklich ein sehr komischer Traum“, denkt sich Turbi, der sonst von ganz anderen Sachen träumt. Vom Fliegen zum Beispiel, aber nicht von einem kunterbunten Kolibri. „Das ist kein Traum. Du bist wach!“ Turbi wundert sich. Wer hat das gerade gesagt? Es war Flatterius, der nach wie vor über Turbi fliegt. „Du träumst nicht. Du glaubst nur, dass du träumst. Aber warum ist es so wichtig, das zu wissen? Manche verträumen ihr ganzes Leben. Und dann gibt es Insekten wie dich, Turbi, die ihre Träume verwirklichen und anderen damit helfen.“ „Anderen, ja. Aber meinen eigenen Wunsch kann ich mir nicht erfüllen“, meint Turbi. Inzwischen sind noch viele weitere Tiere und Insekten hinzugestoßen. Schließlich sieht man den Kolibri ja nicht jeden Tag.

„Du denkst sehr viel an andere“, so der Kolibri, der langsam immer tiefer fliegt und Turbi in die Augen schaut. „Du inspirierst viele. Du machst viel für andere. Es wird Zeit, dass man etwas für dich macht. Wer andere inspiriert, braucht manchmal selbst etwas Inspiration.“ „Man sagte mir, du hättest Zauberkräfte? Kannst du mir meinen Wunsch erfüllen und mir Flügel wachsen lassen?“ „Ich habe Zauberkräfte, ja. Aber nicht so, wie du denkst. Meine Kraft ist es, Tieren und Insekten dabei zu helfen, sich selbst besser kennenzulernen, sich selbst mehr zu lieben. Das allein bringt Glück." „Das verstehe ich nicht", meint Turbi. „Bald wirst du mich verstehen", erwidert der Kolibri lächelnd. In diesem Moment steigt Flatterius wieder auf. Er versprüht den berühmten Diamanten-Konfetti. „Sieh, er macht es wieder!", zeigt die Spinne mit einem ihrer acht Beine in den Himmel und alle staunen.

Auch Turbi ist verdutzt. Das Diamenten-Konfetti des Kolibris regnet auf die Raupe herab. „Was passiert nun?", fragt sie sich. Alle sehen dabei zu, wie sich das Konfetti langsam auf Turbi verteilt. Doch einige Sekunden später ist der Glitzer verschwunden, so als habe man nur geträumt. „Und jetzt?" Turbi hat Fragen über Fragen. Er merkt, wie er müde wird. „Ach, ja, es ist ja mitten in der Nacht. Ich sollte wieder schl..." Noch bevor Turbi seinen Gedanken beenden kann, nickt er ein. Hat ihn der Kolibri etwa müde gemacht? Die Raupe kann sich gar nicht mehr von ihren Freunden verabschieden. Sie ist so müde, dass sie in ihr Bett fällt. Da beginnt sie wieder zu träumen. Sie träumt, wie sie auf einem Ast liegt. Sie hat viel zu viel gefressen und beginnt damit, sich einzurollen. Sie verpuppt sich, verwandelt sich. Sie merkt, wie sich etwas in ihr verändert. Ihr ganzes Leben hat sie sich für andere Tiere eingesetzt. Doch nun konzentriert sie sich auf sich selbst. Sie hat das Glück auf ihrer Seite, denn schließlich hat der Kolibri sein Konfetti über sie regnen lassen.

Da passiert es: Turbi entwickelt sich in seinem Kokon. Die Zeit der Verwandlung vergeht wie im Nu. Er wird zu einem Schmetterling!

Als Schmetterling strahlt er all das aus, was er schon immer in sich gespürt hat. Er strahlt mit seinen Farben, er ist frei. Er kann alles von der Luft aus betrachten und jeden Ort besuchen, den er möchte. Er kann den anderen noch besser helfen, denn er ist ja in Sekundenschnelle bei ihnen. Turbi spürt den Wind, der ihm noch Auftrieb gibt. Die Raupe fliegt schneller und schneller und genießt das Gefühl.

Da erinnert sie sich an die Worte des Kolibris. „Manchmal ist es gar nicht so einfach, Traum und Realität voneinander zu unterscheiden. Das Leben fühlt sich manchmal auch an wie ein Traum.“ Plötzlich reißt Turbi seine Augen auf, er erwacht. Und... er fliegt! Turbi fliegt. Turbi fliegt, wie er sich es immer erträumt hat. Turbi ist tatsächlich ein Schmetterling geworden und sieht all seine Freunde von oben. Von nun an ist Turbi glücklich und macht die Lüfte unsicher.

Interaktiver Teil

Tüftelst und bastelst du auch so gern wie die Raupe?

Gibt es vielleicht etwas, das du gern schaffen würdest? Aber von dem du glaubst, dass du es nie erreichen wirst?

Was sind deine besten oder lustigsten Ideen und tollsten Erfindungen?

Über die Autorin

Die Autorin Brigitte Bacher verfasst regelmäßig Ratgeber im Bereich „Familie & Kinder“. Als ausgebildete Gesundheitstrainerin und Ernährungsberaterin möchte sie Eltern dazu anregen, deren Wohlbefinden sowie das ihrer Kinder zu steigern.

„Jedes Kind hat das Recht hat, so akzeptiert und geliebt zu werden, wie es ist“, erzählt die herzliche Autorin. Sie vertritt die Ansicht, dass es keine „komplizierten Kinder“ gibt. „Eltern brauchen lediglich mit den individuellen Bedürfnissen und Fähigkeiten ihres Kindes richtig umzugehen“.
Ihr Wunsch ist es, mit ihren Büchern dazu beizutragen, dass Kinder gesund und behutsam aufwachsen beziehungsweise optimal gefördert werden. Brigitte beschäftigt sich seit über zwölf Jahren intensiv mit der Pädagogik. Außerdem ist sie leidenschaftliche Köchin und liebt es, ihre Familie mit gesunden Gerichten zu verwöhnen. „Eine gesunde Ernährung ist für Kinder von elementarer Bedeutung, damit sie sich bestens entwickeln können“, lautet Brigittes Statement. Sie legt großen Wert auf eine frühe Gesundheitserziehung und rät allen Müttern und Vätern: „Wer ein Bewusstsein für eine gesunde und positive Lebensführung bei seinen Kindern schafft, der legt damit einen extrem wichtigen Grundbaustein.“

Die Autorin versteht sich in der Lage, mit jedem sensiblen Kind mitzufühlen, denn sie ist selbst eine feinfühlige Person. „Ich

möchte sensiblen und gefühlsstarken Kindern helfen, da ich genau nachempfinden kann, was in ihnen vorgeht und was sie durchmachen, wenn ihr Umfeld sie nicht akzeptiert", verrät die engagierte Autorin. Sie sieht die besondere Intensität, mit der manche Menschen Reize und Gefühle wahrnehmen, als etwas Positives an, nicht als Andersartigkeit. Aus diesem Grund rät sie allen Eltern mit sensiblen Kindern, diese voll und ganz anzunehmen so wie sie sind und stolz auf sie zu sein.

Brigitte wünscht Ihnen viel Vergnügen beim Lesen ihrer Bücher und hofft, Ihnen mit ihren liebevollen Büchern den Erziehungs- und Familienalltag zu erleichtern.

Danke

Vielen Dank dafür, dass du mein Buch gelesen hast.
Wenn ich dich beziehungsweise dein Kind mit den Geschichten in meinem Buch begeistern und inspirieren konnte, freue ich mich sehr.
Ich hoffe, dass es deinem Kind wunderbar gelingt, die kleinen Dinge des Alltags für sich neu zu entdecken und ein dankbareres sowie glücklicheres Persönchen zu werden.

Alles Liebe,
Deine

Brigitte Bacher

Ich freue mich auf dein Feedback

Für mich ist es sehr wichtig, Feedback zu meinem Buch zu bekommen. Wenn du Anregungen oder Verbesserungsvorschläge hast, so schreibe mir doch bitte eine Mail an:

info@virtuoso-verlag.de

bevor du eine schlechte Bewertung abgibst. Ich freue mich sehr über konstruktive Kritik. Da es mich viel Zeit und Energie gekostet hat, dieses Buch zu erstellen, wäre ich dir sehr dankbar, wenn du mir anstelle einer schlechten Bewertung deine Verbesserungsvorschläge persönlich zukommen lässt. Denn dann hätte ich eine Chance, deine Kritik anzunehmen und mein Buch zu verbessern.

Über eine kurze Rückmeldung in Form einer Rezension auf Amazon würde ich mich ebenfalls sehr freuen. Diese kannst du wie folgt erstellen: Besuche auf Amazon.de die Produktseite des Artikels, für den du eine Rezension erstellen möchtest. Klicke unter Kundenrezensionen auf „Kundenrezension verfassen". Bewerte den Artikel und verfasse deine Rezension. Alternativ kannst du diesen Link benutzen, der dich direkt auf die Seite leitet, auf der du deine bestellten Produkte bewerten kannst. Der Link ist verschlüsselt und sicher:

https://virtuoso-verlag.de/Amazon-Bewertung

Impressum

Brigitte Bacher, Virtuoso Verlag wird vertreten durch:
Athina Crane
Mittenwalderstrasse 5a
82467 Garmisch-Partenkirchen
info@virtuoso-verlag.de
1. Auflage 2020

Covergestaltung: Wolkenart – Marie-Katharina Becker,
www.wolkenart.com
Fotos: www.depositphotos.com,
Bildermaterial unter Lizenz von Shutterstock.com verwendet
Bilder: M. F.

Das ist mein allergrößtes Glück

Das sind meine liebsten Orte der Achtsamkeit

Printed in Poland
by Amazon Fulfillment
Poland Sp. z o.o., Wrocław

74798062R00026